GUY DE MAUPASSANT

CINQ

CONTES PARISIENS

1905

CINQ
CONTES PARISIENS

Tiré à cent trente exemplaires numérotés

N° 13

GUY DE MAUPASSANT

CINQ CONTES PARISIENS

ILLUSTRATIONS

DE

LOUIS LEGRAND

PARIS

POUR LES CENT BIBLIOPHILES

—

1905

L'INCONNUE

L'INCONNUE

L'INCONNUE

On parlait de bonnes fortunes et chacun en racontait d'étranges : rencontres surprenantes et délicieuses, en wagon, dans un hôtel, à l'étranger, sur une plage. Les plages, au dire de Roger des Annettes, étaient singulièrement favorables à l'amour.

Gontran, qui se taisait, fut consulté.

— C'est encore Paris qui vaut le mieux, dit-il. Il en est de la femme comme du bibelot, nous l'apprécions davantage dans les endroits où nous ne nous attendons point à en rencontrer ; mais on n'en rencontre vraiment de rares qu'à Paris.

Il se tut quelques secondes, puis reprit :

— Cristi ! c'est gentil, allez, un matin de printemps

dans nos rues. Elles ont l'air d'éclore comme des fleurs, les petites femmes qui trottent le long des maisons. Oh! le joli, le joli, le joli spectacle! On sent la violette au bord des trottoirs; la violette qui passe dans les voitures lentes poussées par la marchande.

Il fait gai par la ville; et on regarde les femmes. Cristi de cristi! comme elles sont tentantes avec leurs toilettes claires, leurs toilettes légères qui montrent la peau. On flâne, le nez au vent et l'esprit allumé; on flâne, et on flaire et on guette. C'est rudement bon, ces matins-là!

On la voit venir de loin, on la distingue et on la reconnaît à cent pas, celle qui va nous plaire de tout près. A la fleur de son chapeau, au mouvement de sa tête, à sa démarche, on la devine. Elle vient. On se dit : « Attention, en voilà une », et on va au-devant d'elle en la dévorant des yeux.

Est-ce une fillette qui fait les courses du magasin, une jeune femme qui vient de l'église ou qui va chez son amant? Qu'importe! La poitrine est ronde sous le corsage transparent. — Oh! si on pouvait mettre le doigt dessus! le doigt ou la lèvre. — Le regard timide ou hardi, la tête brune ou blonde. Qu'importe! L'effleurement de cette femme qui trotte vous fait courir un frisson dans le dos. Et comme on la désire jusqu'au soir, celle qu'on a rencontrée ainsi! Certes, j'ai bien gardé le souvenir d'une vingtaine de créatures vues une fois ou dix fois de cette façon, et dont j'aurais été follement amoureux si je les avais connues plus intimement.

Mais, voilà, celles qu'on chérirait éperdument, on ne les connaît jamais. Avez-vous remarqué ça? C'est assez drôle! On aperçoit, de temps en temps, des femmes dont la seule vue nous ravage de désirs. Mais on ne fait que les apercevoir, celles-là. Moi, quand je pense à tous les êtres adorables que j'ai coudoyés dans les rues de Paris, j'ai des crises de rage à me pendre. Où sont-elles? Qui sont-elles? Où pourrait-on les retrouver? Les revoir? Un proverbe dit qu'on passe souvent à côté du bonheur; eh bien! moi, je suis certain que j'ai passé plus d'une fois à côté de celle qui m'aurait pris comme un linot avec l'appât de sa chair fraîche.

Roger des Annettes avait écouté en souriant. Il répondit :

— Je connais ça aussi bien que toi. Voilà ce qui m'est arrivé, à moi. Il y a

cinq ans environ, je rencontrai pour la première fois, sur le pont de la Concorde, une grande jeune femme un peu forte qui me fit un effet... mais un effet... étonnant. C'était une brune, une brune grasse, avec des cheveux luisants, mangeant le front, et des sourcils liant les deux yeux sous leur grand arc allant d'une tempe à l'autre. Un peu de moustache sur les lèvres faisait rêver... rêver... comme on rêve à des bois aimés en voyant un bouquet sur une table. Elle avait la taille très cambrée, la poitrine très saillante, présentée comme un défi, offerte comme une tentation. L'œil était pareil à une tache d'encre sur de l'émail blanc. Ce n'était pas un œil, mais un trou noir, un trou profond ouvert dans sa tête, dans cette femme, par où on voyait en elle, on entrait en elle. Oh! l'étrange regard opaque et vide, sans pensée et si beau!

J'imaginai que c'était une Juive. Je la suivis. Beaucoup d'hommes se retournaient. Elle marchait en se dandinant

d'une façon peu gracieuse, mais troublante. Elle prit un fiacre place de la Concorde. Et je demeurai comme une bête, à côté de l'Obélisque, je demeurai frappé par la plus forte émotion de désir qui m'eût encore assailli.

J'y pensai pendant trois semaines au moins, puis je l'oubliai.

Je la revis six mois plus tard, rue de la Paix; et je sentis, en l'apercevant, une secousse au cœur comme lorsqu'on retrouve une maîtresse follement aimée jadis. Je m'arrêtai pour bien la voir venir. Quand elle passa près de moi, à me toucher, il me sembla que j'étais devant la bouche d'un four. Puis, lorsqu'elle se fut éloignée, j'eus la sensation d'un vent frais qui me courait sur le visage. Je ne la suivis pas. J'avais peur de faire quelque sottise, peur de moi-même.

Elle hanta souvent mes rêves. Tu connais ces obsessions-là.

Je fus un an sans la retrouver; puis, un soir, au coucher du soleil, vers le mois de mai, je la reconnus qui montait devant moi l'avenue des Champs-Élysées.

L'arc de l'Étoile se dessinait sur le rideau de feu du ciel. Une poussière d'or, un brouillard de clarté rouge voltigeait; c'était un de ces soirs délicieux qui sont les apothéoses de Paris.

Je la suivais avec l'envie furieuse de lui parler, de m'agenouiller, de lui dire l'émotion qui m'étranglait.

Deux fois je la dépassai pour revenir. Deux fois j'éprouvai de nouveau, en la croisant, cette sensation de chaleur ardente qui m'avait frappé, rue de la Paix.

Elle me regarda, puis je la vis entrer dans une maison de la rue de Presbourg. Je l'attendis deux heures sous une porte. Elle ne sortit pas. Je me décidai alors à interroger le concierge. Il eut l'air de ne pas me comprendre : « Ça doit être une visite », dit-il.

Et je fus encore huit mois sans la revoir.

Or, un matin de janvier, par un froid de Sibérie, je suivais le boulevard Malesherbes, en courant pour m'échauffer, quand, au coin d'une rue, je heurtai si violemment une femme qu'elle laissa tomber un petit paquet.

Je voulus m'excuser. C'était elle!

Je demeurai d'abord stupide de

saisissement; puis, lui ayant rendu l'objet qu'elle tenait à la main, je lui dis brusquement :

— Je suis désolé et ravi, Madame, de vous avoir bousculée ainsi. Voilà plus de deux ans que je vous connais, que je vous admire, que j'ai le désir le plus violent de vous être présenté; et je ne puis arriver à savoir qui vous êtes ni où vous demeurez. Excusez de semblables paroles, attribuez-les à une envie passionnée d'être au nombre de ceux qui ont le droit de vous saluer. Un pareil sentiment ne peut vous blesser, n'est-ce pas? Vous ne me connaissez point. Je m'appelle le baron Roger des Annettes. Informez-vous, on vous dira que je suis recevable. Maintenant, si vous résistez à ma demande, vous ferez de moi un homme infiniment malheureux. Voyons, soyez bonne, donnez-moi, indiquez-moi un moyen de vous voir.

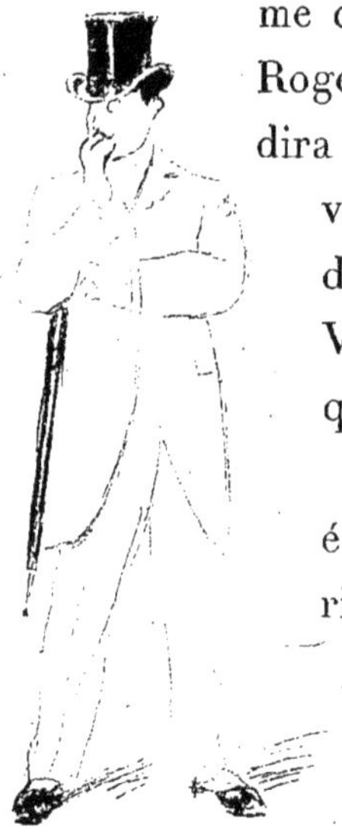

Elle me regardait fixement, de son œil étrange et mort, et elle répondit en souriant :

— Donnez-moi votre adresse. J'irai chez vous.

Je fus tellement stupéfait que je dus le laisser paraître. Mais je ne suis jamais longtemps à me remettre de ces surprises-là, et je m'empressai de lui donner une carte qu'elle glissa dans sa poche d'un geste rapide, d'une main habituée aux lettres escamotées.

Je balbutiai, redevenu hardi :

— Quand vous verrai-je?

Elle hésita, comme si elle eût fait un calcul compliqué, cherchant sans doute à se rappeler, heure par heure, l'emploi de son temps; puis elle murmura :

— Dimanche matin, voulez-vous?

— Je crois bien que je veux.

Et elle s'en alla, après m'avoir dévisagé, jugé, pesé, analysé de ce regard lourd et vague qui semblait vous laisser quelque chose sur la peau, une sorte de glu, comme s'il eût projeté sur les gens un de ces liquides épais dont se servent les pieuvres pour obscurcir l'eau et endormir leurs proies.

Je me livrai, jusqu'au dimanche, à un terrible travail d'esprit pour deviner ce qu'elle était et pour me fixer une règle de conduite avec elle.

Devais-je la payer? Comment?

Je me décidai à acheter un bijou, un joli bijou, ma foi, que je posai, dans son écrin, sur la cheminée.

Et je l'attendis, après avoir mal dormi.

Elle arriva, vers dix heures, très calme, très tranquille, et elle me tendit la main comme si elle m'eût connu beaucoup. Je la fis asseoir, je la débarrassai de son chapeau, de son voile, de sa fourrure, de son manchon. Puis je commençai, avec un certain embarras, à me montrer plus galant, car je n'avais point de temps à perdre.

Elle ne se fit nullement prier d'ailleurs, et nous n'avions pas échangé vingt paroles que je commençais à la dévêtir. Elle continua toute seule cette besogne malaisée que je ne réussis jamais à achever. Je me pique aux épingles, je serre les cordons en des nœuds indéliables au lieu de les démêler; je brouille tout, je confonds tout, je retarde tout et je perds la tête. Oh! mon cher ami, connais-tu dans la vie des moments plus délicieux que ceux-là, quand on regarde, d'un peu loin, par discrétion, pour ne pas effaroucher cette pudeur d'autruche qu'elles ont toutes, celles qui se dépouillent pour vous de toutes leurs étoffes bruissantes tombant en rond à leurs pieds, l'une après l'autre?

Et quoi de plus joli aussi que leurs mouvements pour détacher ces doux vêtements qui s'abattent, vides et mous, comme s'ils venaient d'être frappés de mort? Comme elle est superbe et saisissante l'apparition de la chair, des bras nus et de la gorge après la chute du corsage, et combien troublante la ligne du corps devinée sous le dernier voile!

Mais voilà que, tout à coup, j'aperçus une chose surprenante, une tache noire, entre les épaules;

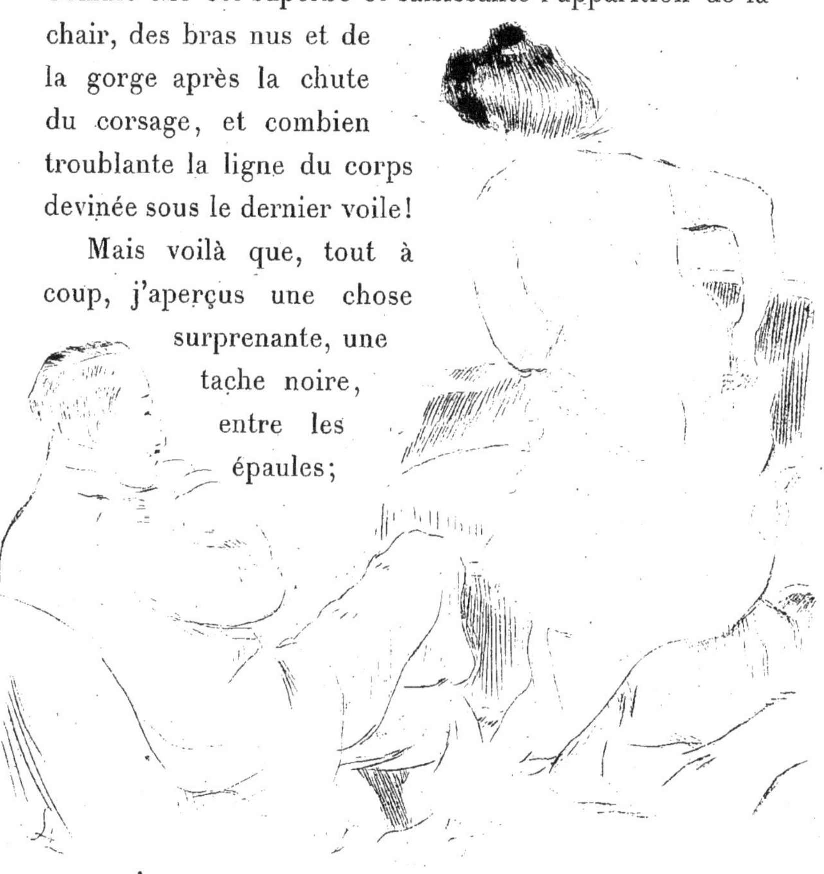

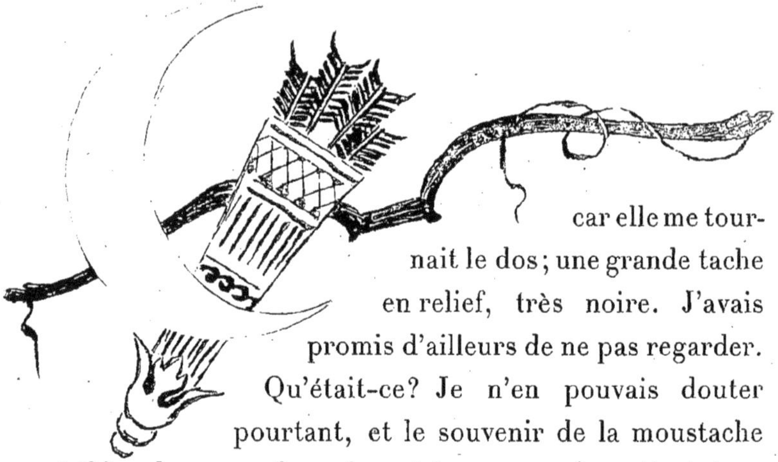

car elle me tournait le dos; une grande tache en relief, très noire. J'avais promis d'ailleurs de ne pas regarder. Qu'était-ce? Je n'en pouvais douter pourtant, et le souvenir de la moustache visible, des sourcils unissant les yeux, de cette toison de cheveux qui la coiffait comme un casque, aurait dû me préparer à cette surprise.

Je fus stupéfait cependant, et hanté brusquement par des visions et des réminiscences singulières. Il me sembla que je voyais une des magiciennes des *Mille et une Nuits*, un de ces êtres dangereux et perfides, qui ont pour mission d'entraîner les hommes en des abîmes inconnus. Je pensai à Salomon faisant passer sur une glace la reine de Saba pour s'assurer qu'elle n'avait point le pied fourchu.

Et... et quand il a fallu lui chanter ma chanson d'amour, je découvris que je n'avais plus de voix, mais plus un filet, mon cher. Pardon, j'avais une voix de chanteur du Pape, ce dont elle s'étonna d'abord et se fâcha ensuite absolument, car elle prononça, en se rhabillant avec vivacité :

— Il était bien inutile de me déranger.

Je voulus lui faire accepter la bague achetée pour

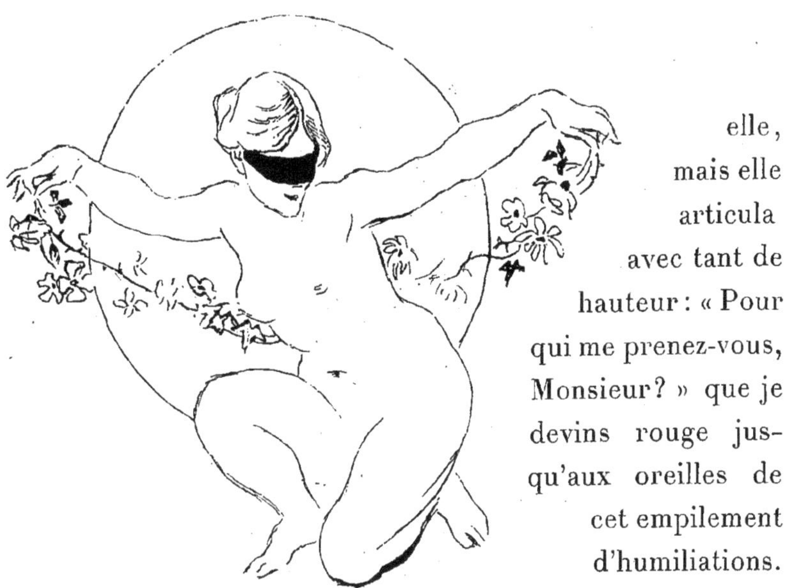

elle, mais elle articula avec tant de hauteur : « Pour qui me prenez-vous, Monsieur? » que je devins rouge jusqu'aux oreilles de cet empilement d'humiliations. Et elle partit sans ajouter un mot.

Or voilà toute mon aventure. Mais ce qu'il y a de pis, c'est que, maintenant, je suis amoureux d'elle et follement amoureux.

Je ne puis plus voir une femme sans penser à elle. Toutes les autres me répugnent, me dégoûtent, à moins qu'elles ne lui ressemblent. Je ne puis poser un baiser sur une joue sans voir sa joue, à elle, à côté de celle que j'embrasse, et sans souffrir affreusement du désir inapaisé, qui me torture.

Elle assiste à tous mes rendez-vous, à toutes mes caresses, qu'elle me gâte, qu'elle me rend odieuses. Elle est toujours là, habillée ou nue, comme ma vraie maîtresse; elle est là, tout près de l'autre, debout ou couchée, visible mais insaisissable. Et je crois maintenant que c'était une femme ensorcelée, qui portait entre ses épaules un talisman mystérieux

Qui est-elle? Je ne le sais pas encore. Je l'ai rencontrée de nouveau deux fois. Je l'ai saluée. Elle ne m'a point rendu mon salut, elle a feint de ne point me connaître. Qui est-elle? Une Asiatique, peut-être! Sans doute, une Juive d'Orient? Oui, une Juive! J'ai dans l'idée que c'est une Juive!

Mais pourquoi?

Voilà!

Pourquoi?

Je ne sais pas!

IMPRUDENCE

IMPRUDENCE

IMPRUDENCE

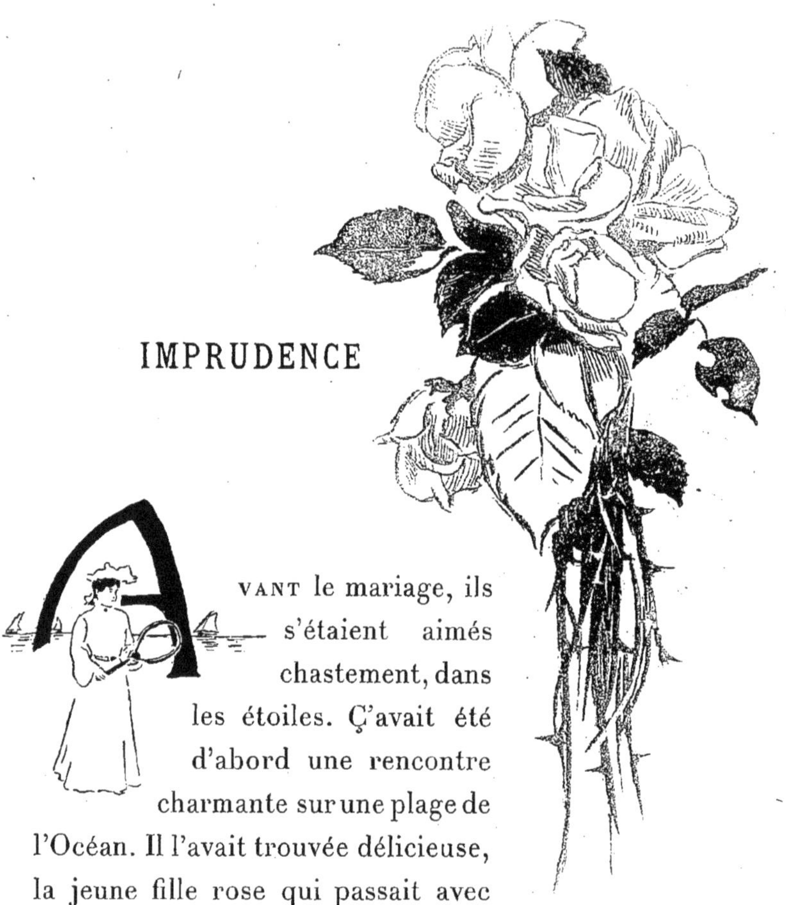

Avant le mariage, ils s'étaient aimés chastement, dans les étoiles. Ç'avait été d'abord une rencontre charmante sur une plage de l'Océan. Il l'avait trouvée délicieuse, la jeune fille rose qui passait avec ses ombrelles claires et ses toilettes fraîches, sur le grand horizon marin. Il l'avait aimée, blonde et frêle, dans ce cadre de flots bleus et de ciel immense. Et il confondait l'attendrissement que cette femme à peine éclose faisait naître en lui, avec l'émotion vague et puissante qu'éveillait dans son âme, dans son cœur, et dans ses veines l'air vif et salé et le grand paysage plein de soleil et de vagues.

Elle l'avait aimé elle, parce qu'il lui faisait la cour,

qu'il était jeune, assez riche, gentil et délicat. Elle l'avait aimé parce qu'il est naturel aux jeunes filles d'aimer les jeunes hommes qui leur disent des paroles tendres.

Alors, pendant trois mois, ils avaient vécu côte à côte, les yeux dans les yeux et les mains dans les mains. Le bonjour qu'ils échangeaient, le matin, avant le bain, dans la fraîcheur du jour nouveau, et l'adieu du soir, sur le sable, sous les étoiles, dans la tiédeur de la nuit calme, murmurés tout bas, avaient déjà un goût de baisers, bien que leurs lèvres ne se fussent jamais rencontrées.

Ils rêvaient l'un de l'autre aussitôt endormis, pensaient l'un à l'autre aussitôt éveillés, et, sans se le dire encore, s'appelaient et se désiraient de toute leur âme et de tout leur corps.

Après le mariage, ils s'étaient adorés sur la terre. Ç'avait été d'abord une sorte de rage sensuelle et infatigable; puis une tendresse exaltée faite de poésie palpable, de caresses déjà raffinées, d'inventions gentilles et polissonnes. Tous leurs regards signifiaient

quelque chose d'impur, et tous leurs gestes leur rappelaient la chaude intimité des nuits.

Maintenant, sans se l'avouer, sans le comprendre encore peut-être, ils commençaient à se lasser l'un de l'autre. Ils s'aimaient bien, pourtant; mais ils n'avaient plus rien à se révéler, plus rien à faire qu'ils n'eussent fait souvent, plus rien à apprendre l'un par l'autre, pas même un mot d'amour nouveau, un élan imprévu, une intonation qui fît plus brûlant le verbe connu, si souvent répété. Ils s'efforçaient, cependant, de rallumer la flamme affaiblie des premières étreintes. Ils imaginaient, chaque jour, des ruses tendres, des gamineries naïves ou compliquées, toute une suite de tentatives désespérées pour faire renaître dans leurs cœurs l'ardeur inapaisable des premiers jours, et dans leurs veines la flamme du mois nuptial.

De temps en temps, à force de fouetter leur désir, ils retrouvaient une heure d'affolement factice que suivait aussitôt une lassitude dégoûtée.

Ils avaient essayé des clairs de lune, des promenades sous les feuilles dans la douceur des soirs, de la poésie des berges bai-

gnées de brume, de l'excitation des fêtes publiques.

Or, un matin, Henriette dit à Paul :

— Veux-tu m'emmener dîner au cabaret?

— Mais oui, ma chérie.

— Dans un cabaret très connu.

— Mais oui.

Il la regardait, l'interrogeant de l'œil, voyant bien qu'elle pensait à quelque chose qu'elle ne voulait pas dire.

Elle reprit :

— Tu sais, dans un cabaret... comment expliquer ça?... dans un cabaret galant... dans un cabinet où on se donne des rendez-vous?

Il sourit :

— Oui, je comprends : dans un cabinet particulier d'un grand café?

— C'est ça. Mais d'un grand café où tu sois connu, où tu aies déjà soupé... non... dîné... enfin tu sais... enfin... je voudrais... non, je n'oserai jamais dire ça!

— Dis-le, ma chérie; entre nous, qu'est-ce que ça fait? Nous n'en sommes pas aux petits secrets.

— Non, je n'oserai pas.

— Voyons, ne fais pas l'innocente. Dis-le?

— Eh bien... eh bien... je voudrais... je voudrais être

prise pour ta maîtresse... na!... et que les garçons qui ne savent pas que tu es marié me regardent comme ta maîtresse, et toi aussi... que tu me croies ta maîtresse, une heure, dans cet endroit-là, où tu dois avoir des souvenirs... Voilà!... et je croirai moi-même que je suis ta maîtresse... Je commettrai une grosse faute... Je te tromperai... avec toi... Voilà!... C'est très vilain... Mais je voudrais... Ne me fais pas rougir... Je sens que je rougis... Tu ne te figures pas comme ça me... me... troublerait de dîner comme ça avec toi, dans un endroit pas comme il faut... dans un cabinet particulier où on s'aime tous les soirs... tous les soirs... C'est très vilain... Je suis rouge comme une pivoine. Ne me regarde pas...

Il riait, très amusé, et répondit :

— Oui, nous irons, ce soir, dans un endroit très chic où je suis connu.

Ils montaient, vers sept heures, l'escalier d'un grand café du boulevard : lui, souriant, l'air vainqueur; elle, timide, voilée, ravie. Dès qu'ils furent entrés dans un cabinet meublé de quatre fauteuils et d'un large canapé de velours rouge, le maître d'hôtel, en habit noir, entra et présenta la carte. Paul la tendit à sa femme.

— Qu'est-ce que tu veux manger?

— Mais je ne sais pas, moi, ce que l'on mange ici.

Alors il lut la litanie des plats tout en ôtant son pardessus qu'il remit aux mains du valet. Puis il dit :

— Menu corsé : potage bisque, poulet à la diable, râble de lièvre, homard à l'américaine, salade de légumes bien épicée et dessert. Nous boirons du champagne.

Le maître d'hôtel souriait en regardant la jeune femme. Il reprit la carte en murmurant :

— Monsieur Paul veut-il de la tisane ou du champagne?

— Du champagne, très sec.

Henriette fut heureuse d'entendre que cet homme savait le nom de son mari.

Ils s'assirent, côte à côte, sur le canapé et commencèrent à manger.

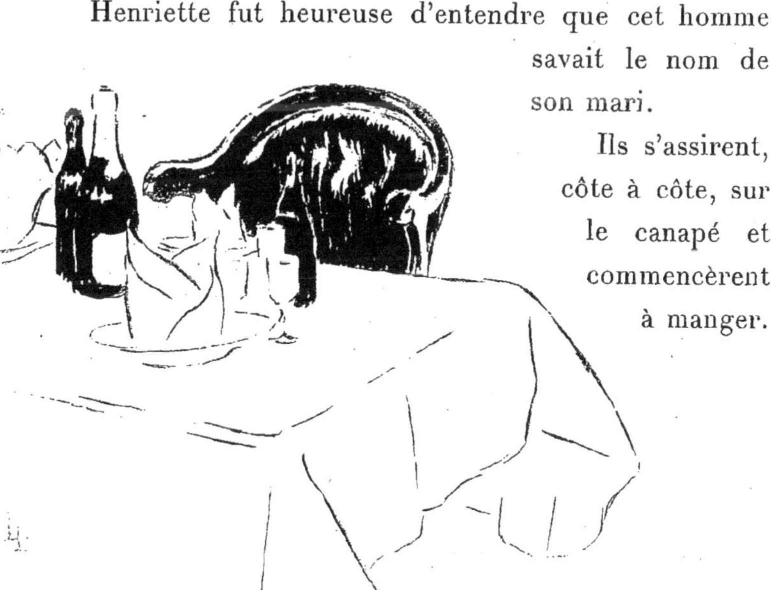

Dix bougies les éclairaient, reflétées dans une grande glace ternie par des milliers de noms tracés au diamant, et qui jetaient sur le cristal clair une sorte d'immense toile d'araignée.

Henriette buvait coup sur coup pour s'animer, bien qu'elle se sentît étourdie dès les premiers verres. Paul, excité par des souvenirs, baisait à tous moments la main de sa femme. Ses yeux brillaient. Elle se sentait étrangement émue par ce lieu suspect, agitée, contente, un peu souillée mais vibrante. Deux valets graves, muets, habitués à tout voir et à tout oublier, à n'entrer qu'aux instants nécessaires, et à sortir aux minutes d'épanchement, allaient et venaient vite et doucement.

Vers le milieu du dîner, Henriette était grise, tout à fait grise, et Paul, en gaieté, lui pressait le genou de toute sa force. Elle bavardait maintenant, hardie, les joues rouges, le regard vif et noyé.

— Oh! voyons, Paul, confesse-toi, tu sais, je voudrais tout savoir?

— Quoi donc, ma chérie?

— Je n'ose pas te dire.

— Dis toujours...

— As-tu eu des maîtresses...beaucoup... avant moi?

Il hésitait, un peu perplexe, ne sachant s'il devait cacher ses bonnes fortunes ou s'en vanter.

Elle reprit :

— Oh! je t'en prie, dis-moi, en as-tu eu beaucoup?

— Mais quelques-unes.

— Combien?

— Je ne sais pas, moi... Est-ce qu'on sait ces choses-là?

— Tu ne les a pas comptées?...

— Mais non.

— Oh! alors, tu en as eu beaucoup?

— Mais oui.

— Combien à peu près... seulement à peu près?

— Mais je ne sais pas du tout, ma chérie. Il y a des années où j'en ai eu beaucoup et des années où j'en ai eu bien moins.

— Combien par an, dis?

— Tantôt vingt ou trente, tantôt quatre ou cinq seulement.

— Oh! ça fait plus de cent femmes en tout.

— Mais oui, à peu près.

— Oh! que c'est dégoûtant!

— Pourquoi ça, dégoûtant?

— Mais parce que c'est dégoûtant, quand on y

pense... toutes ces femmes... nues... et toujours... toujours la même chose... Oh! que c'est dégoûtant tout de même, plus de cent femmes!

Il fut choqué qu'elle jugeât cela dégoûtant, et répondit de cet air supérieur que prennent les hommes pour faire comprendre aux femmes qu'elles disent une sottise :

— Voilà qui est drôle, par exemple! s'il est dégoûtant d'avoir cent femmes, il est dégoûtant également d'en avoir une.

— Oh non, pas du tout!

— Pourquoi non?

— Parce que, une femme, c'est une liaison, c'est un amour qui vous attache à elle, tandis que cent femmes, c'est de la saleté, de l'inconduite. Je ne comprends pas comment un homme peut se frotter à toutes ces femmes qui sont sales...

— Mais non, elles sont très propres.

— On ne peut pas être propre en faisant le métier qu'elles font.

— Mais, au contraire, c'est à cause de leur métier qu'elles sont propres.

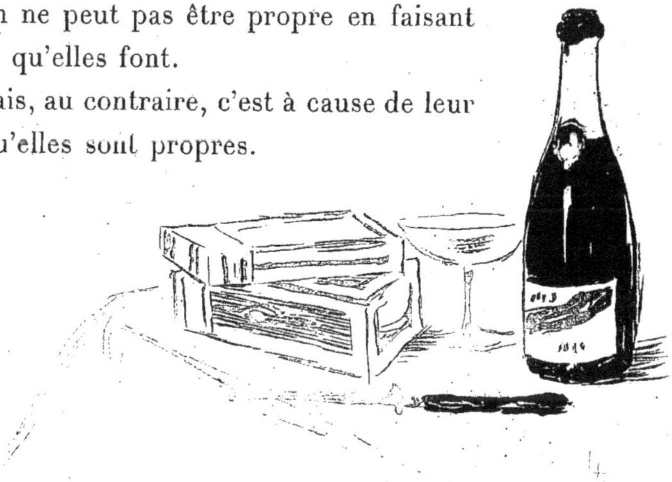

— Oh! fi! Quand on songe que la veille elles faisaient ça avec un autre! C'est ignoble!

— Ce n'est pas plus ignoble que de boire dans un verre où a bu je ne sais qui, ce matin, et qu'on a bien moins lavé, sois-en certaine, que...

— Oh! tais-toi, tu me révoltes...

— Mais alors pourquoi me demandes-tu si j'ai eu des maîtresses?

— Dis donc, tes maîtresses, c'étaient des filles toutes?... Toutes les cent?...

— Mais non, mais non...

— Qu'est-ce que c'était alors?

— Mais des actrices... des... des petites ouvrières... et des... quelques femmes du monde...

— Combien de femmes du monde?

— Six.

— Seulement six?

— Oui.

— Elles étaient jolies?

— Mais oui.

— Plus jolies que les filles?

— Non.

— Lesquelles est-ce que tu préférais, des filles ou des femmes du monde?

— Les filles.

— Oh! que tu es sale! Pourquoi ça?

— Parce que je n'aime guère les talents d'amateur.

— Oh! l'horreur! Tu es abominable, sais-tu? Dis donc, et ça t'amusait de passer comme ça de l'une à l'autre?

— Mais oui.

— Beaucoup?

— Beaucoup.

— Qu'est-ce qui t'amusait? Est-ce qu'elles ne se ressemblent pas?

— Mais non.

— Ah! les femmes ne se ressemblent pas?

— Pas du tout.

— En rien?

— En rien.

— Que c'est drôle! Qu'est-ce qu'elles ont de différent?

— Mais, tout.

— Le corps?

— Mais oui, le corps.

— Le corps tout entier?

— Le corps tout entier.

— Et quoi encore?

— Mais la manière de... d'embrasser, de parler, de dire les moindres choses.

— Ah! Et c'est très amusant de changer?

— Mais oui.

— Et les hommes sont très différents?

— Ça, je ne sais pas.

— Tu ne sais pas?

— Non.

— Ils doivent être différents.

— Oui... sans doute...

Elle resta pensive, son verre de champagne à la main. Il était plein, elle le but d'un trait; puis, le reposant sur la table, elle jeta ses deux bras au cou de son mari, en lui murmurant dans la bouche :

— Oh! mon chéri, comme je t'aime!

Il la saisit d'une étreinte emportée... Un garçon qui entrait recula en refermant la porte; et le service fut interrompu pendant cinq minutes environ.

Quand le maître d'hôtel reparut, l'air grave et digne, apportant les fruits du dessert, elle tenait de nouveau un verre plein entre ses doigts, et, regardant au fond du liquide jaune et transparent, comme pour y voir des choses inconnues et rêvées, elle murmurait d'une voix songeuse :

— Oh! oui! ça doit être amusant tout de même!

LA CONFIDENCE

LA CONFIDENCE

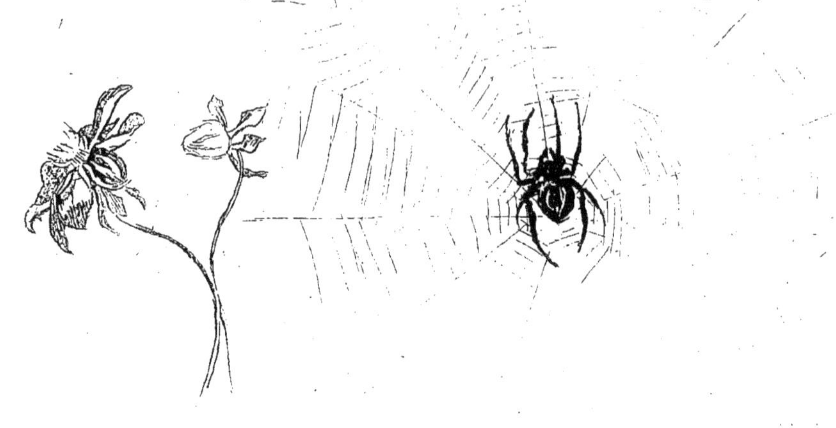

LA CONFIDENCE

La petite baronne de Grangerie sommeillait sur sa chaise longue, quand la petite marquise de Rennedon entra brusquement d'un air agité, le corsage un peu fripé, le chapeau un peu tourné, et elle tomba sur sa chaise en disant :

— Ouf! c'est fait!

Son amie, qui la savait calme et douce d'ordinaire, s'était redressée fort surprise. Elle demanda :

— Quoi? Qu'est-ce que tu as fait?

La marquise, qui semblait ne pouvoir tenir en place, se relevant, se mit à marcher par la chambre, puis elle se jeta sur les pieds de la chaise longue où reposait son amie, et, lui prenant les mains :

— Écoute, chérie, jure-moi de ne jamais répéter ce que je vais t'avouer !

— Je te le jure.

— Sur ton salut éternel ?

— Sur mon salut éternel.

— Eh bien ! je viens de me venger de Simon.

L'autre s'écria :

— Oh ! que tu as bien fait !

— N'est-ce pas ? Figure-toi que, depuis six mois, il était devenu plus insupportable encore qu'autrefois pour tout. Quand je l'ai épousé, je savais bien qu'il était laid, mais je le croyais bon. Comme je m'étais trompée ! Il avait pensé, sans doute, que je l'aimais pour lui-même, avec son gros ventre et son nez rouge, car il se mit à roucouler comme un tourtereau. Moi, tu comprends, ça me faisait rire, c'est de là que je l'ai appelé : Pigeon. Les hommes, vraiment, se font de drôles d'idées sur eux-mêmes. Quand il a compris que je n'avais pour lui que de l'amitié, il est devenu soupçonneux, il a commencé à me dire des choses aigres, à me traiter de coquette, de rouée, de je ne sais quoi. Et puis, c'est devenu plus grave à la suite de... de... c'est fort difficile à dire, ça... Enfin, il était très amoureux de moi... très amoureux... et il me le prouvait souvent, trop souvent. Oh ! ma chère, en voilà un supplice que d'être... aimée par un homme grotesque... Non, vraiment, je ne pouvais plus... plus du tout... c'est comme si on vous arrachait une dent tous les soirs... Bien pis que ça, bien pis! Enfin, figure-toi dans tes connaissances quelqu'un de très vilain, de très ridicule, de très répugnant, avec un gros ventre, — c'est ça qui est affreux, — et de gros mollets velus. Tu le vois, n'est-ce pas? Eh bien, figure-toi encore que ce quèlqu'un-là est ton mari... et que... tous les soirs... tu comprends. Non, c'est odieux!... odieux!... odieux!... Moi, ça me donnait des nausées, de vraies nausées... des nausées dans ma cuvette. Vrai, je ne pouvais plus. Il devrait y avoir une loi pour protéger les femmes dans ces cas-là. — Mais, figure-toi ça, tous les soirs... Pouah! que c'est sale!

Ce n'est pas que j'aie rêvé des amours poétiques, non, jamais. On n'en trouve plus. Tous les hommes, dans notre monde, sont des palefreniers ou des banquiers; ils n'aiment que les chevaux ou l'argent et s'ils aiment les femmes, c'est à la façon des chevaux, pour les montrer dans leur salon comme on montre au Bois une paire d'alezans. Rien de plus. La vie est telle aujourd'hui que le sentiment n'y peut avoir aucune part.

Vivons donc en femmes pratiques et indifférentes Les relations mêmes ne sont plus que des rencontres régulières, où on répète chaque fois les mêmes choses. Pour qui pourrait-on, d'ailleurs, avoir un peu d'affection ou de tendresse? Les hommes, nos hommes, ne sont, en général, que des mannequins corrects à qui manquent toute intelligence et toute délicatesse. Si nous cherchons un peu d'esprit, comme on cherche de l'eau dans le désert, nous appelons près de nous des artistes; et nous voyons arriver des poseurs insupportables ou des bohèmes mal élevés.

Moi, je cherche un homme, comme Diogène, un seul homme dans toute la société parisienne; mais je suis déjà bien certaine de ne pas le trouver et je ne tarderai pas à souffler ma lanterne. Pour en revenir à mon mari, comme ça me faisait une vraie révolution de le voir entrer chez moi en chemise et en caleçon, j'ai employé tous les moyens, tous, tu entends bien, pour l'éloigner et pour... le dégoûter de moi. Il a d'abord été furieux; et puis il est devenu jaloux; il s'est imaginé que je le trompais. Dans les premiers temps, il se contentait de me surveiller. Il regardait avec des yeux de tigre tous les hommes qui venaient à la maison; et puis la persécution a commencé. Il m'a suivie partout. Il a employé des moyens abominables pour me surprendre. Puis il ne m'a plus laissée causer avec personne. Dans les bals, il restait planté derrière moi, allongeant sa grosse tête de chien courant aussitôt que je disais un mot. Il me poursuivait au buffet, me défendait de danser avec celui-ci ou avec celui-là, m'emmenait au milieu du cotillon, me rendait stupide et ridicule et me faisait passer pour je ne sais quoi. C'est alors que j'ai cessé d'aller dans le monde.

Dans l'intimité, c'est devenu pis encore. Figure-toi que ce misérable-là me traitait de... de... je n'oserai pas dire le mot... de catin!

Ma chère!... il me disait le soir : « Avec qui as-tu couché aujourd'hui? » Moi, je pleurais et il était enchanté.

Et puis c'est devenu pis encore. L'autre semaine, il m'emmena dîner aux Champs-Élysées. Le hasard voulut que Baubignac fût à la table voisine. Alors voilà Simon qui se met à m'écraser les pieds avec fureur et qui me grogne par-dessus le melon : « Tu lui as donné rendez-vous, sale bête; attends un peu. » Alors, tu ne te figurerais jamais ce qu'il a fait, ma chère : il a ôté tout doucement l'épingle de mon chapeau et il me l'a enfoncée dans le bras. Moi, j'ai poussé un grand cri. Tout le monde est accouru. Alors il a joué une affreuse comédie de chagrin. Tu comprends.

A ce moment-là, je me suis dit : Je me vengerai, et sans tarder encore. Qu'est-ce que tu aurais fait, toi?

— Oh! je me serais vengée!

— Eh bien! ça y est.

— Comment?

— Quoi? tu ne comprends pas?

— Mais, ma chère... cependant...

— Eh bien! oui...

— Oui, quoi?

— Voyons, pense à sa tête. Tu le vois bien, n'est-ce pas, avec sa grosse figure, son nez rouge et ses favoris qui tombent comme des oreilles de chien?

— Oui.

— Pense, avec ça, qu'il est plus jaloux qu'un tigre.

— Oui.

— Eh bien, je me suis dit : Je vais me venger pour moi toute seule et pour Marie, car je comptais bien te le dire, et pense aussi qu'il... qu'il... qu'il est...

— Quoi... tu l'as...?

— Oh! ma chérie, surtout ne le dis à personne, jure-le-moi encore !... Mais pense comme c'est comique !... pense... Il me semble tout changé depuis ce moment-là !... et je ris toute seule... toute seule... Pense donc à sa tête... !!!

La baronne regardait son amie, et le rire fou qui lui montait à la gorge lui jaillit entre les dents; elle se mit à rire, mais à rire comme si elle avait une attaque de nerfs; et, les deux mains sur sa poitrine, la figure crispée, la respiration coupée, elle se penchait en avant comme pour tomber sur le nez.

Alors la petite marquise partit à son tour en suffoquant. Elle répétait, entre deux cascades de petits cris : — Pense... pense... est-ce drôle?... dis... pense à sa tête!... pense à ses favoris!... à son nez!... pense donc... est-ce drôle?... mais surtout... ne le dis pas... ne... le... dis pas... jamais!...

Elles demeuraient presque suffoquées, incapables de parler, pleurant de vraies larmes dans ce délire de gaieté.

La baronne se calma la première; palpitante encore :

— Oh!... raconte-moi comment tu as fait ça... raconte-moi... c'est si drôle... si drôle!...

Mais l'autre ne pouvait point parler; elle balbutiait :

— Quand j'ai eu pris ma résolution... je me suis dit... Allons... vite... il faut que ce soit tout de suite... Et je l'ai... fait... aujourd'hui...

— Aujourd'hui!...

— Oui... tout à l'heure... et j'ai dit à Simon de venir me chercher chez toi pour nous amuser... Il va venir... tout à l'heure!... Il va venir!... Pense... pense... pense à sa tête en le regardant...

La baronne, un peu apaisée, soufflait comme après une course. Elle reprit :

— Oh ! dis-moi comment tu as fait, dis-moi !

— C'est bien simple... Je me suis dit : Il est jaloux de Baubignac; eh bien ! ce sera Baubignac. Il est bête comme ses pieds, mais très honnête; incapable de rien dire. Alors j'ai été chez lui après déjeuner.

— Tu as été chez lui? Sous quel prétexte?

— Une quête... pour les orphelins...

— Raconte... vite... raconte...

— Il a été si étonné en me voyant qu'il ne pouvait plus parler. Et puis il m'a donné deux louis pour ma quête; et puis, comme je me levais pour m'en aller, il m'a demandé des nouvelles de mon mari; alors j'ai fait semblant de ne pouvoir plus me contenir et j'ai raconté tout ce que j'avais sur le cœur. Je l'ai fait encore plus noir qu'il n'est, va!... Alors Baubignac s'est ému, il a cherché des

moyens de me venir en aide... et moi j'ai commencé à pleurer... mais comme on pleure... quand on veut... Il m'a consolée... il m'a fait asseoir... et puis comme je ne me calmais pas, il m'a embrassée... Moi, je disais : « Oh! mon pauvre ami... mon pauvre ami! » Il répétait : « Ma pauvre amie... ma pauvre amie! » — et il m'embrassait toujours... toujours... jusqu'au bout. Voilà.

Après ça, moi, j'ai eu une grande crise de désespoir et de reproches. — Oh! je l'ai traité, traité comme le dernier des derniers... Mais j'avais une envie de rire folle. Je pensais à Simon, à sa tête, à ses favoris!... Songe!... songe donc!! Dans la rue, en venant chez toi, je ne pouvais plus me tenir. Mais songe!... Ça y est!... Quoi qu'il arrive maintenant, ça y est! Et lui qui avait tant peur de ça! Il peut y avoir des guerres, des tremblements de terre, des épidémies, nous pouvons tous mourir... ça y est!!! Rien ne peut plus empêcher ça!!! pense à sa tête... et dis-toi... ça y est!!!!!

La baronne, qui s'étranglait, demanda :

— Reverras-tu Baubignac?...

— Non. Jamais, par exemple... j'en ai assez... il ne vaudrait pas mieux que mon mari.

Et elles recommencèrent à rire toutes les deux avec tant de violence qu'elles avaient des secousses d'épileptiques.

Un coup de timbre arrêta leur gaîté.

La marquise murmura : « C'est lui... regarde-le... »

La porte s'ouvrit; et un gros homme parut, un gros homme au teint rouge, à la lèvre épaisse, aux favoris tombants; et il roulait des yeux irrités.

Les deux jeunes femmes le regardèrent une seconde, puis elles s'abattirent brusquement sur la chaise longue, dans un tel délire de rire qu'elles gémissaient comme on fait dans les affreuses souffrances.

Et lui, répétait d'une voix sourde : « Eh bien! êtes-vous folles?... êtes-vous folles?... êtes-vous folles?...

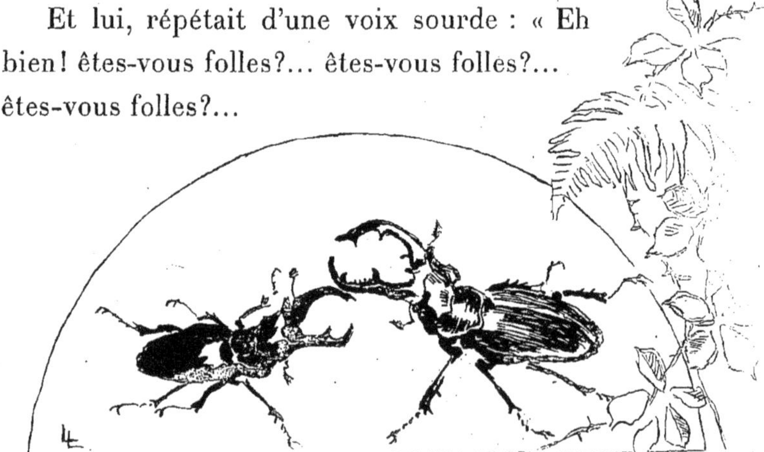

SAUVÉE

SAUVÉE

SAUVÉE

I

Elle entra comme une balle qui crève une vitre, la petite marquise de Rennedon, et elle se mit à rire avant de parler, à rire aux larmes comme elle avait fait un mois plus tôt en annonçant à son amie qu'elle avait trompé le marquis pour se venger, rien que pour se venger, et rien qu'une fois, parce qu'il était vraiment trop bête et trop jaloux.

La petite baronne de Grangerie avait jeté sur son canapé le livre qu'elle lisait et elle regardait Annette avec curiosité, riant déjà elle-même.

Enfin elle demanda :

— Qu'est-ce que tu as encore fait?

— Oh!... ma chère... ma chère... C'est trop drôle... trop drôle... figure-toi... je suis sauvée!... sauvée!... sauvée!...

— Comment, sauvée?

— Oui, sauvée!

— De quoi?

— De mon mari, ma chère, sauvée? Délivrée! libre! libre! libre!

— Comment, libre? En quoi?

— En quoi? Le divorce! Oui, le divorce! Je tiens le divorce!

— Tu es divorcée?

— Non, pas encore, que tu es sotte! On ne divorce pas en trois heures! Mais j'ai des preuves... des preuves... des preuves qu'il me trompe... un flagrant délit... songe! un flagrant délit... je le tiens...

— Oh, dis-moi ça! Alors il te trompait?

— Oui... c'est-à-dire non... oui et non... Je ne sais pas. Enfin, j'ai des preuves, c'est l'essentiel.

— Comment as-tu fait?

— Comment j'ai fait?... Voilà! Oh! j'ai été forte, druement forte. Depuis trois mois il était devenu odieux, tout à fait odieux, brutal, grossier, despote, ignoble enfin. Je me suis dit : Ça ne peut pas durer, il me faut le divorce! Mais comment? Ça n'était pas facile. J'ai essayé de me faire battre par lui. Il n'a pas voulu. Il me contrariait du matin au soir, me forçait à sortir quand je ne voulais pas, à rester chez moi quand je désirais dîner en ville; il me rendait la vie insupportable d'un bout à l'autre de la semaine, mais il ne me battait pas.

Alors, j'ai tâché de savoir s'il avait une maîtresse. Oui, il en avait une, mais il prenait mille précautions pour aller chez elle. Ils étaient imprenables ensemble. Alors, devine ce que j'ai fait?

— Je ne devine pas.

— Oh! tu ne devinerais jamais. J'ai prié

mon frère de me procurer une photographie de cette fille.

— De la maîtresse de ton mari?

— Oui. Ça a coûté quinze louis à Jacques, le prix d'un soir, de sept heures à minuit, dîner compris, trois louis l'heure. Il a obtenu la photographie pardessus le marché.

— Il me semble qu'il aurait pu l'avoir à moins en usant d'une ruse quelconque et sans... sans... sans être obligé de prendre en même temps l'original.

— Oh! elle est jolie. Ça ne déplaisait pas à Jacques. Et puis, moi, j'avais besoin de détails physiques sur sa taille, sur sa poitrine, sur son teint, sur mille choses enfin.

— Je ne comprends pas.

— Tu vas voir. Quand j'ai connu tout ce que je voulais savoir, je me suis rendue chez un... comment dirais-je... chez un homme d'affaires... tu sais... de ces hommes qui font des affaires de toute... de toute nature... des agents de... de... de publicité et de complicité... de ces hommes... enfin tu comprends.

— Oui, à peu près. Et tu lui as dit?

— Je lui ai dit, en montrant la photographie de Clarisse (elle s'appelle Clarisse) :

— Monsieur, il me faut une femme de chambre qui ressemble à ça. Je la veux jolie, élégante, fine, propre. Je la payerai ce qu'il faudra. Si ça me coûte dix mille francs, tant pis. Je n'en aurai pas besoin plus de trois mois.

Il avait l'air très étonné, cet homme. Il demanda :

— Madame la veut-elle irréprochable? »

Je rougis, et je balbutiai :

— Mais oui, comme probité. »

Il reprit :

— ... Et comme mœurs?...

Je n'osai pas répondre. Je fis seulement un signe de tête qui voulait dire : non. Puis tout à coup, je compris qu'il avait un horrible soupçon, et je m'écriai, perdant l'esprit :

— Oh! monsieur... c'est pour mon mari... qui me trompe... qui me trompe en ville... et je veux... je veux qu'il me trompe chez moi... vous comprenez... pour le surprendre...

Alors, l'homme se mit à rire.

Et je compris à son regard qu'il m'avait rendu son estime. Il me trouvait même très forte. J'aurais bien parié, qu'à ce moment-là il avait envie de me serrer la main.

Il me dit :

— Dans huit jours, madame, j'aurai votre affaire. Et nous changerons de sujet s'il le faut. Je réponds du succès. Vous ne me payerez qu'après réussite. Ainsi cette photographie représente la maîtresse de monsieur votre mari?

— Oui, monsieur.

— Une belle personne, une fausse maigre. Et quel parfum?

Je ne comprenais pas; je répétai :

— Comment, quel parfum?

Il sourit.

— Oui, madame, le parfum est essentiel pour séduire un homme; car cela lui donne des ressouvenirs inconscients qui le disposent à l'action; le parfum établit des confusions obscures dans son esprit, le trouble et l'énerve en lui rappelant ses plaisirs. Il faudrait tâcher de savoir aussi ce que monsieur votre mari a l'habitude de manger quand il dîne chez cette dame. Vous pourriez servir les mêmes plats le soir où vous le pincerez. Oh! nous le tenons, madame, nous le tenons.

Je m'en allai enchantée. J'étais tombée là vraiment sur un homme très intelligent.

II

Trois jours plus tard, je vis arriver chez moi une grande fille brune, très belle, avec l'air modeste et hardi en même temps, un singulier air de rouée. Elle fut très convenable avec moi. Comme je ne savais trop qui c'était, je l'appelais « mademoiselle »; alors elle me dit : « Oh! madame peut m'appeler Rose tout court. »

Nous commençâmes à causer.

— Eh bien, Rose, vous savez pourquoi vous venez ici?

— Je m'en doute, madame.

— Fort bien, ma fille..., et cela ne vous... ne vous ennuie pas trop?

— Oh! madame, c'est le huitième divorce que je fais; j'y suis habituée.

— Alors, parfait. Vous faut-il longtemps pour réussir?

— Oh! madame, cela dépend tout à fait du tempérament de monsieur. Quand j'aurai vu monsieur cinq minutes en tête à tête, je pourrai répondre exactement à madame.

— Vous le verrez tout à l'heure, mon enfant. Mais je vous préviens qu'il n'est pas beau.

— Cela ne me fait rien, madame.

J'en ai séparé déjà de très laids. Mais je demanderai à madame si elle s'est informée du parfum.

— Oui, ma bonne Rose, — la verveine.

— Tant mieux, madame, j'aime beaucoup cette odeur-là !

Madame peut-elle me dire aussi si la maîtresse de monsieur porte du linge de soie?

— Non, mon enfant : de la batiste avec dentelles.

— Oh ! alors c'est une personne comme il faut. Le linge de soie commence à devenir commun.

— C'est très vrai ce que vous dites là !

— Eh bien, madame, je vais prendre mon service. Elle prit son service, en effet, immédiatement, comme si elle n'eût fait que cela toute sa vie.

Une heure plus tard, mon mari rentrait. Rose

ne leva même pas les yeux sur lui, mais il leva les yeux sur elle, lui. Elle sentait déjà la verveine à plein nez. Au bout de cinq minutes elle sortit. Il me demanda aussitôt :

— Qu'est-ce que c'est que cette fille-là?

— Mais... ma nouvelle femme de chambre.

— Où l'avez-vous trouvée?

— C'est la baronne de Grangerie qui me l'a donnée, avec les meilleurs renseignements

— Ah! elle est assez jolie!

— Vous trouvez!

— Mais oui... pour une femme de chambre.

J'étais ravie, je sentais qu'il mordait déjà.

Le soir même, Rose me disait :

— Je puis maintenant promettre à madame que ça ne durera pas quinze jours. Monsieur est très facile!

— Ah! vous avez déjà essayé?

— Non, madame, mais ça se voit au premier coup d'œil. Il a déjà envie de m'embrasser en passant à côté de moi.

— Il ne vous a rien dit?

— Non, madame, il

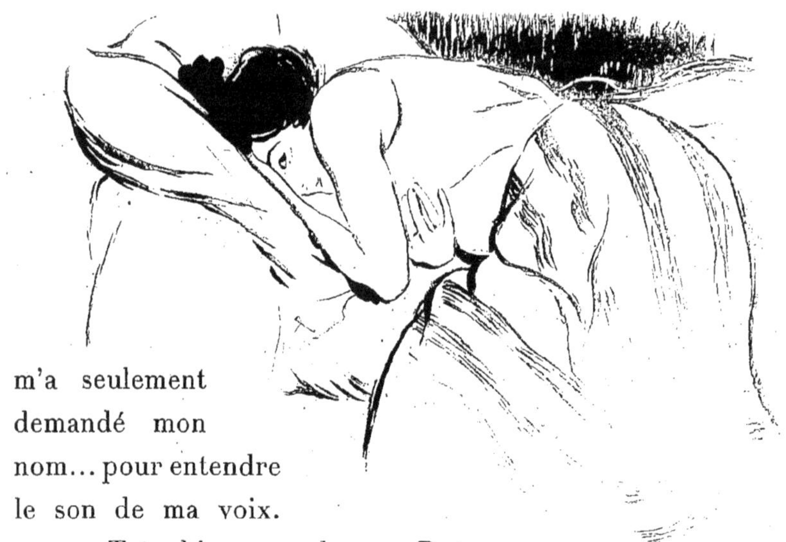

m'a seulement demandé mon nom... pour entendre le son de ma voix.

— Très bien, ma bonne Rose. Allez le plus vite que vous pourrez.

— Que madame ne craigne rien. Je ne résisterai que le temps nécessaire pour ne pas me déprécier.

Au bout de huit jours mon mari ne sortait presque plus. Je le voyais rôder toute l'après-midi par la maison; et ce qu'il y avait de plus significatif dans son affaire, c'est qu'il ne m'empêchait plus de sortir. Et moi j'étais dehors toute la journée... pour... le laisser libre.

Le neuvième jour, comme Rose me déshabillait, elle me dit d'un air timide :

— C'est fait, madame, de ce matin.

— Je fus un peu surprise, un rien émue même, non de la chose, mais plutôt de la manière dont elle me l'avait dite. Je balbutiai : — Et... et... ça s'est bien passé!...

— Oh! très bien, madame. Depuis trois jours déjà il me pressait, mais je ne voulais pas aller trop vite.

Madame me préviendra du moment où elle désire le flagrant délit.

— Oui, ma fille. Tenez!... prenons jeudi.

— Va pour jeudi, madame. Je n'accorderai plus rien jusque-là pour tenir monsieur en éveil.

— Vous êtes sûre de ne pas manquer?

— Oh! oui, madame, très sûre. Je vais allumer monsieur dans les grands prix, de façon à le faire donner juste à l'heure que madame voudra bien me désigner.

— Prenons cinq heures, ma bonne Rose.

— Ça va pour cinq heures, madame, et à quel endroit?...

— Mais... dans ma chambre.

— Soit, dans la chambre de madame.

Alors, ma chérie, tu comprends ce que j'ai fait. J'ai été chercher papa et maman d'abord, et puis mon oncle d'Orvelin, le président, et puis M. Raplet, le juge, l'ami de mon mari. Je ne les ai pas prévenus de ce que j'allais leur montrer. Je les ai fait entrer tous sur la pointe des pieds jusqu'à la porte de ma chambre. J'ai attendu cinq heures, cinq heures juste... Oh! comme mon cœur battait. J'avais fait monter aussi le concierge pour avoir un témoin de plus! Et puis... au moment où la pendule commence à sonner, pan! j'ouvre la porte toute grande... Ah! ah! ah! ça y était en plein... en plein... ma chère... Oh! quelle tête!... quelle tête!... si tu avais vu sa tête!... Et il s'est retourné... l'imbécile! Ah! qu'il était drôle... Je riais, je riais... Et papa qui s'est fâché, qui voulait battre mon mari... Et le concierge, un bon serviteur, qui l'aidait à se rhabiller... devant nous... devant nous... Il boutonnait ses bretelles... que c'était farce!... Quant à Rose, parfaite! absolument parfaite. Elle pleurait, elle pleurait très bien. C'est une fille précieuse...

Si tu en as jamais besoin, n'oublie pas! Et me voici... Je suis venue tout de suite te raconter la chose... tout de suite. Je suis libre. Vive le divorce!...

Et elle se mit à danser au milieu du salon, tandis que la petite baronne, songeuse et contrariée, murmurait :

— Pourquoi ne m'as-tu pas invitée à voir ça?

LA PATRONNE

LA PATRONNE

LA PATRONNE

Au docteur Baraduc.

J'HABITAIS alors, dit Georges Kervelen, une maison meublée, rue des Saints-Pères.

Quand mes parents décidèrent que j'irais faire mon droit à Paris, de longues discussions eurent lieu pour régler toutes choses. Le chiffre de ma pension avait été d'abord fixé à deux mille cinq cents francs, mais ma pauvre mère fut prise d'une peur qu'elle exposa à mon père : « S'il allait dépenser mal tout son argent et ne pas prendre une nourriture suffisante, sa santé en souffrirait beaucoup. Ces jeunes gens sont capables de tout. »

Alors il fut décidé qu'on me chercherait une pension modeste et confortable, et que ma famille en payerait directement le prix, chaque mois.

Je n'avais jamais quitté Quimper. Je désirais tout ce qu'on désire à mon âge et j'étais disposé à vivre joyeusement, de toutes les façons.

Des voisins à qui on demanda conseil indiquèrent une compatriote, Mme Kergaran, qui prenait des pensionnaires. Mon père donc traita par lettres avec cette personne respectable, chez qui j'arrivai, un soir, accompagné d'une malle.

Mme Kergaran avait quarante ans environ. Elle était forte, très forte, parlait d'une voix de capitaine instructeur et décidait toutes les questions d'un mot net et définitif. Sa demeure tout étroite, n'ayant qu'une seule ouverture sur la rue, à chaque étage, avait l'air d'une échelle de fenêtres, ou bien encore d'une tranche de maison en sandwich entre deux autres. La patronne habitait au premier avec

sa bonne ; on faisait la cuisine et on prenait les repas au second; quatre pensionnaires bretons logeaient au troisième et au quatrième. J'eus les deux pièces du cinquième.

Un petit escalier noir, tournant comme un tire-bouchon, conduisait à ces deux mansardes. Tout le jour, sans s'arrêter, Mme Kergaran montait et descendait cette spirale, occupée dans ce logis en tiroir comme un capitaine à son bord. Elle entrait dix fois de suite dans le même appartement, surveillait tout avec un étonnant fracas de paroles, regardait si les lits étaient bien faits, si les habits étaient bien brossés, si le service ne laissait rien à désirer. Enfin, elle soignait ses pensionnaires comme une mère, mieux qu'une mère.

J'eus bientôt fait la connaissance de mes compatriotes. Deux étudiaient la médecine, et les deux autres faisaient leur droit, mais tous subissaient le joug despotique de la patronne. Ils avaient peur d'elle, comme un maraudeur a peur du garde champêtre.

Quant à moi, je me sentis tout de suite des désirs d'indépendance, car je suis un révolté par nature. Je déclarai d'abord que je voulais rentrer à l'heure qui me plairait, car Mme Kergaran avait fixé minuit comme dernière limite. A cette prétention, elle planta sur moi ses yeux clairs pendant quelques secondes, puis elle déclara :

— Ce n'est pas possible. Je ne peux pas tolérer qu'on réveille Annette toute la nuit. Vous n'avez rien à faire dehors passé certaine heure.

Je répondis avec fermeté :

— D'après la loi, madame, vous êtes obligée de m'ouvrir à toute heure. Si vous le refusez, je le ferai constater par des sergents de ville et j'irai coucher à l'hôtel à vos frais, comme c'est mon droit. Vous serez donc contrainte de m'ouvrir ou de me renvoyer. La porte ou l'adieu. Choisissez.

Je lui riais au nez en posant ces conditions. Après une première stupeur, elle voulut parlementer, mais je me montrai intraitable et elle céda.

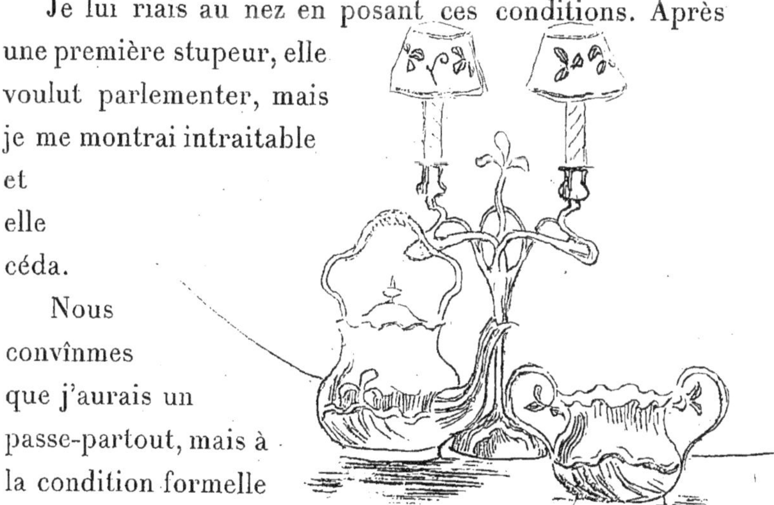

Nous convînmes que j'aurais un passe-partout, mais à la condition formelle que tout le monde l'ignorerait. Mon énergie fit sur elle une impression salutaire et elle me traita désormais avec une faveur marquée. Elle avait des attentions, des petits soins, des délicatesses pour moi, et même une certaine tendresse brusque qui ne me déplaisait point. Quelquefois, dans mes heures de gaieté, je l'embrassais par surprise, rien que pour la forte gifle qu'elle me lançait aussitôt. Quand j'arrivais à baisser la tête assez vite, sa main partie passait par-dessus moi avec la rapidité d'une balle, et je riais comme un fou en me sauvant, tandis qu'elle criait : « Ah ! la canaille ! je vous revaudrai ça. »

Nous étions devenus une paire d'amis.

Mais voilà que je fis la connaissance, sur le trottoir, d'une fillette employée dans un magasin.

Vous savez ce que sont ces amourettes de Paris. Un jour, comme on allait à l'école, on rencontre une jeune personne en cheveux qui se promène au bras d'une amie avant de rentrer au travail. On échange un regard, et on sent en soi cette petite secousse que vous donne l'œil de certaines femmes. C'est là une des choses charmantes de la vie, ces rapides sympathies physiques que fait éclore une rencontre, cette

légère et délicate séduction qu'on subit tout à coup au frôlement d'un être né pour vous plaire et pour être aimé de vous. Il sera aimé peu ou beaucoup, qu'importe? Il est dans sa nature de répondre au secret désir d'amour de la vôtre. Dès la première fois que vous apercevez ce visage, cette bouche, ces cheveux, ce sourire, vous sentez leur charme entrer en vous avec une joie douce et délicieuse, vous sentez une sorte de bien-être heureux vous pénétrer, et l'éveil subit d'une tendresse encore confuse qui vous pousse vers cette femme inconnue. Il semble qu'il y ait en elle un appel auquel vous répondez, une attirance qui vous sollicite; il semble qu'on la connaît depuis longtemps, qu'on l'a déjà vue, qu'on sait ce qu'elle pense.

Le lendemain, à la même heure, on repasse par la rue. On la revoit. Puis on revient le jour suivant. On se parle enfin. Et l'amourette suit son cours, régulier comme une maladie. Donc, au bout de trois semaines, j'en étais avec Emma à la période qui précède la chute.

La chute même aurait eu lieu plus tôt si j'avais su en quel endroit la provoquer. Mon amie vivait en famille et refusait avec une énergie singulière de franchir le seuil d'un hôtel meublé. Je me creusais la tête pour trouver un moyen, une ruse, une occasion. Enfin, je pris un parti désespéré et

je me décidai à la faire monter chez moi, un soir, vers onze heures, sous prétexte d'une tasse de thé. Mme Kergaran se couchait tous les jours à dix heures. Je pourrais donc rentrer sans bruit au moyen de mon passe-partout, sans éveiller aucune attention. Nous redescendrions de la même manière au bout d'une heure ou deux.

Emma accepta mon invitation après s'être fait un peu prier.

Je passai une mauvaise journée. Je n'étais point tranquille. Je craignais des complications, une catastrophe, quelque épouvantable scandale. Le soir vint. Je sortis et j'entrai dans une brasserie où j'absorbai deux tasses de café et quatre ou cinq petits verres pour me donner du courage. Puis j'allai faire un tour sur le boulevard Saint-Michel. J'entendis sonner dix heures et demie. Et je me dirigeai, à pas lents, vers le lieu de notre rendez-vous. Elle m'attendait déjà. Elle prit mon bras avec une allure câline et nous voilà partis, tout doucement, vers ma demeure. A mesure que j'approchais de la porte, mon angoisse allait croissant. Je pensais : « Pourvu que Mme Kergaran soit couchée. »

Je dis à Emma deux ou trois fois :

— Surtout, ne faites point de bruit dans l'escalier.

Elle se mit à rire :

— Vous avez donc bien peur d'être entendu.

— Non, mais je ne veux pas réveiller mon voisin qui est gravement malade.

Voici la rue des Saints-Pères. J'approche de mon logis avec cette appréhension qu'on a en se rendant chez un dentiste. Toutes les fenêtres sont sombres. On dort sans doute. Je respire. J'ouvre la porte avec des précautions de voleur. Je fais entrer ma compagne, puis je referme, et je monte l'escalier sur la pointe des pieds en retenant mon souffle et en allumant des allumettes-bougies pour que la jeune fille ne fasse point quelque faux pas.

En passant devant la chambre de la patronne je sens que mon cœur bat à coups précipités. Enfin, nous voici au second étage, puis au troisième, puis au cinquième. J'entre chez moi. Victoire !

Cependant, je n'osais parler qu'à voix basse et j'ôtai mes bottines pour ne faire aucun bruit. Le thé, préparé sur une lampe à esprit-de-vin, fut bu sur le coin de ma commode. Puis je devins pressant... pressant... et peu à peu, comme dans un jeu, j'enlevais un à un les vêtements de mon amie, qui cédait en résistant, rouge, confuse, retardant toujours l'instant fatal et charmant.

Elle n'avait plus, ma foi, qu'un court jupon blanc quand ma porte s'ouvrit d'un seul coup, et Mme Kergaran parut, une bougie à la main, exactement dans le même costume qu'Emma.

J'avais fait un bond loin d'elle et je restais debout effaré, regardant les deux femmes qui se dévisageaient. Qu'allait-il se passer?

La patronne prononça d'un ton hautain que je ne lui connaissais pas :

— Je ne veux pas de filles dans ma maison, monsieur Kervelen.

Je balbutiai :

— Mais, madame Kergaran, mademoiselle n'est que mon amie. Elle venait pour prendre une tasse de thé.

La grosse femme reprit :

— On ne se met pas en chemise pour prendre une tasse de thé.

Emma, consternée, commençait à pleurer en se cachant

la figure dans sa jupe. Moi, je perdais la tête, ne sachant que faire ni que dire. La patronne ajouta avec une irrésistible autorité :

— Aidez mademoiselle à se rhabiller et reconduisez-la tout de suite.

Je n'avais pas autre chose à faire, assurément, et je ramassai la robe tombée en rond, comme un ballon crevé, sur le parquet, puis je la passai sur la tête de la fillette, et je m'efforçai de l'agrafer, de l'ajuster, avec une peine infinie. Elle m'aidait, en pleurant toujours, affolée, se hâtant, faisant toutes sortes d'erreurs, ne sachant plus retrouver les cordons ni les boutonnières; et Mme Kergaran impassible, debout, sa bougie à la main, nous éclairait dans une pose sévère de justicier.

Emma maintenant précipitait ses mouvements, se couvrait éperdument, nouait, épinglait, laçait, rattachait avec furie, harcelée par un impérieux besoin de fuir; et sans même boutonner ses bottines, elle passa en courant devant la patronne et s'élança dans l'escalier. Je la suivais en savates, à moitié dévêtu moi-même, répétant : « Mademoiselle, écoutez, mademoiselle. »

Je sentais bien qu'il fallait lui dire quelque chose, mais je ne trouvais rien. Je la rattrapai juste à la porte de la rue, et je voulus lui prendre le bras, mais elle me repoussa violemment, balbutiant d'une voix basse et nerveuse : « Laissez-moi... laissez-moi, ne me touchez pas. »

Et elle se sauva dans la rue en refermant la porte derrière elle.

Je me retournai. Mme Kergaran était restée en haut du premier étage, et je remontai les marches à pas lents, m'attendant à tout, et prêt à tout.

La chambre de la patronne était ouverte, elle m'y fit entrer en prononçant d'un ton sévère :

— J'ai à vous parler, monsieur Kervelen.

Je passai devant elle en baissant la tête. Elle posa sa bougie sur la cheminée, puis, croisant ses bras sur sa puissante poitrine que couvrait mal une fine camisole blanche :

— Ah çà, monsieur Kervelen, vous prenez donc ma maison pour une maison publique!

Je n'étais pas fier. Je murmurai :

— Mais non, madame Kergaran. Il ne faut pas vous fâcher, voyons, vous savez bien ce que c'est qu'un jeune homme.

Elle répondit :

— Je sais que je ne veux pas de créatures chez moi, entendez-vous? Je sais que je ferai respecter mon toit, et la réputation de ma maison, entendez-vous? Je sais...

Elle parla pendant vingt minutes au moins, accumulant les raisons sur les indignations, m'accablant sous l'honorabilité de sa *maison*, me lardant de reproches mordants. Moi (l'homme est un singulier animal), au lieu de l'écouter, je la regardais. Je n'entendais plus un mot, mais plus un mot. Elle avait une poitrine superbe, la gaillarde, ferme, blanche et grasse, un peu grosse peut-être, mais tentante à faire passer des frissons dans le dos. Je ne me serais jamais douté vraiment qu'il y eût de pareilles choses sous la robe de laine de la patronne. Elle semblait rajeunie de dix ans, en déshabillé. Et voilà que je me sentais tout drôle, tout... Comment dirai-je?... tout remué. Je retrouvais brusquement devant elle ma situation... interrompue un quart d'heure plus tôt dans ma chambre.

Et, derrière elle, là-bas, dans l'alcôve, je regardais son lit. Il était entr'ouvert, écrasé, montrant, par le trou

creusé dans les draps, la pesée du corps qui s'était couché là. Et je pensais qu'il devait faire très bon et très chaud là dedans, plus chaud que dans un autre lit. Pourquoi plus chaud? Je n'en sais rien, sans doute à cause de l'opulence des chairs qui s'y étaient reposées.

Quoi de plus troublant et de plus charmant qu'un lit défait? Celui-là me grisait, de loin, me faisait courir des frémissements sur la peau.

Elle parlait toujours, mais doucement maintenant, en amie rude et bienveillante qui ne demande plus qu'à pardonner.

Je balbutiai : « Voyons... voyons... madame Kergaran... voyons... » Et comme elle s'était tue pour attendre ma réponse, je la saisis dans mes bras et je me mis à l'embrasser comme un affamé, comme un homme qui attend ça depuis longtemps.

Elle se débattait, tournait la tête, sans se fâcher trop fort, répétant machinalement selon son habitude : « Oh ! la canaille... la canaille... la ca... »

Elle ne put achever le mot, je l'avais enlevée d'un effort et je l'emportais serrée contre moi. On est rudement vigoureux, allez, en certains moments !

Je rencontrai le bord du lit, et je tombai dessus sans la lâcher...

Il y faisait en effet fort bon et fort chaud dans son lit.

Une heure plus tard, la bougie s'étant éteinte, la patronne se leva pour allumer l'autre. Et comme elle revenait se glisser à mon côté, enfonçant sous les draps sa jambe ronde et forte, elle prononça d'une voix caline, satisfaite, reconnaissante peut-être : « Oh !... la canaille !... la canaille !... »

TABLE

ACHEVÉ D'IMPRIMER
SOUS LA PRÉSIDENCE ET PAR LES SOINS
DE
EUGÈNE RODRIGUES
SUR LES PRESSES DE
PHILIPPE RENOUARD
LES EAUX-FORTES ORIGINALES DE
LOUIS LEGRAND
TIRÉES PAR
LEROY

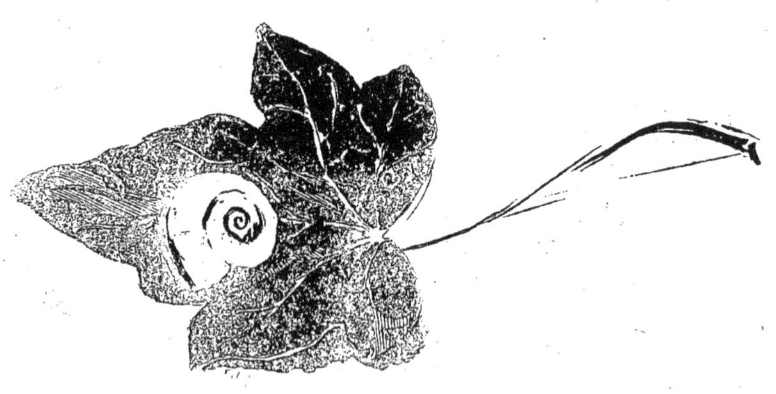

www.ingramcontent.com/pod-product-compliance
Ingram Content Group UK Ltd.
Pitfield, Milton Keynes, MK11 3LW, UK
UKHW012046240726
13965UKWH00003B/1088